Theodor Schmid

Die Anwendung einer ausschliesslichen Milchdiät bei Bright'schem Hydrops

Antigonos

Theodor Schmid

Die Anwendung einer ausschliesslichen Milchdiät bei Bright'schem Hydrops

Unveränderter Nachdruck der Originalausgabe von 1864.

1. Auflage 2024 | ISBN: 978-3-38614-992-1

Antigonos Verlag ist ein Imprint der Outlook Verlagsgesellschaft mbH.

Verlag: Outlook Verlag GmbH, Zeilweg 44, 60439 Frankfurt, Deutschland, info@outlook-verlag.de
Vertretungsberechtigt: E. Roepke, Zeilweg 44, 60439 Frankfurt, Deutschland
Druck: Libri Plureos GmbH, Friedensallee 273, 22763 Hamburg, Deutschland

DIE ANWENDUNG

EINER

AUSSCHLIESSLICHEN MILCHDIÄT

BEI BRIGHT'SCHEM HYDROPS.

EINE INAUGURAL-ABHANDLUNG

ZUR ERLANGUNG

DER

DOCTORWÜRDE

IN DER

MEDICIN UND CHIRURGIE

UNTER DEM PRÄSIDIUM

VON

Dr. FELIX NIEMEYER,

ORDENTL. ÖFFENTL. PROFESSOR DER MEDICIN UND DIRECTOR DER
MEDICINISCHEN KLINIK,

VORGELEGT

VON

THEODOR SCHMID
AUS VAIHINGEN AN DER ENZ.

TÜBINGEN,

GEDRUCKT BEI LUDWIG FRIEDRICH FUES.

1864.

Vorwort.

Veranlassung und Material zu vorliegender Arbeit
boten mir vier in therapeutischer Hinsicht höchst in-
teressante Krankengeschichten.

Nicht umhin kann ich, bei dieser Veranlassung
meinem verehrten Lehrer, Herrn Professor Dr. NIE-
MEYER, für die vielen Beweise seines Wohlwollens
während meiner akademischen Laufbahn, sowie für
die gütige Unterstützung bei dieser Abhandlung meinen verbindlichsten Dank öffentlich auszusprechen.

Tübingen, im December 1863.

Die Anwendung einer ausschliesslichen Milchdiät bei Bright'schen Hydrops.

Wenn auch der trostlose, fast bis zum Nihilismus gesteigerte, therapeutische Unglaube, welchem in den letzten Decennien ein grosser Theil der Ärzte und gerade der am besten unterrichteten Ärzte huldigte, im Abnehmen begriffen ist, so geht man doch auch jetzt bei der Beurtheilung von Heilerfolgen mit Recht höchst vorsichtig zu Werke und ist geneigt, diejenigen Ärzte, welche sich einer grossen Zahl glücklicher Kuren rühmen, für schlechte Beobachter zu halten. Als solche muss man namentlich die Anhänger der RADEMACHER'schen Lehre bezeichnen, da diese in der leichtfertigsten Weise die günstige Wendung der von ihnen behandelten Krankheiten auf Rechnung der gegen dieselben angewendeten, zum grossen Theil ganz indifferenten Mittel bringen. Die besonneneren Ärzte, welche sich nicht auf derartige Abwege verirrt haben, setzen namentlich bei der Behandlung chronischer Krankheiten ihr Vertrauen viel weniger auf die Darreichung dieses oder jenes Arzneimittels, von welchem sie erwarten, dass es die Krankheit coupiren, dieselbe abkürzen oder ihr eine günstige Wendung geben solle, sondern hoffen grössere Erfolge von gewissen Kurmethoden, welche den Ernährungszustand, den Stoffwechsel, die Constitution der Kranken notorisch modificiren. Ein solches Verfahren ist

nicht etwa allein auf dem Standpunkte der Humoralpatho-
logie, sondern sogar auf dem Standpunkte des modernsten
Systems der Cellularpathologie gerechtfertigt. Wenn der
Schöpfer desselben der Ansicht ist, dass diejenige Therapie
die meisten Erfolge habe, welche in der lokalen Behandlung gewisser Zellenterritorien bestehe, so hat er wahrscheinlich vorzugsweise an das Touchiren des Muttermundes
hysterischer Kranken gedacht; im Allgemeinen werden ihm
nur wenige erfahrene Praktiker zustimmen, wenn er be-
hauptet: „die glückliche Praxis wisse, dass die eigentlich
wirksame Behandlung der Kranken in einer verständigen
Lokaltherapie begründet ist, und dass die sogenannten allgemeinen Behandlungen erfolglos sind, wenn sie nicht (zuweilen gegen die Absicht des Therapeuten) eine örtliche
Wirkung haben" [1].

Jeder erfahrene Arzt wird bereitwillig zugeben, dass
Viele von seinen Kranken, denen er Jahre lange ohne
Erfolg Recepte verschrieben hatte, gesund geworden sind,
nachdem sie einige Zeit sich einer Entziehungskur unterworfen, systematisch warme Bäder gebraucht, oder ein
Seebad besucht, oder kalte Flussbäder genommen, oder
sich hydropathischen Proceduren unterworfen oder Wochen
lang in einem der zahlreichen Badeorte täglich eine an-
sehnliche Quantität einer verdünnten Salzlösung getrunken
oder Trauben- oder Molkenkuren u. s. w. gebraucht hatten;
und ist es nicht um Vieles wahrscheinlicher, dass diese
verschiedenen Kuren nicht auf einzelne Zellenterritorien,
sondern auf den Stoffwechsel und die Gesammternährung
des aus Zellen und Zellenderivaten bestehenden Körpers
eingewirkt haben? Wir können sogar noch einen Schritt

---

1) Virchow's Archiv. Bd. 18. S. 5.

weiter gehen und behaupten, dass einzelne Kranke, welche von den besten Ärzten ohne Erfolg behandelt waren, von rohen Routiniers und Charlatans, welche sie anhaltend laxiren liessen oder ihre ganze Lebensweise und ihre Ernährung in gewaltthätigster Weise modificirten, hergestellt wurden. Es führt zu keinem Resultate, wenn man derartige Thatsachen vornehm in Abrede stellt; ebensowenig als es zur Zeit des Tischrückens einen Erfolg hatte, wenn man in Abrede stellte, dass der Tisch sich bewege, ohne dass die Herumsitzenden ihn absichtlich in Bewegung setzten. Jene Routiniers und Charlatans richten so manichfachen und schweren Schaden an, dass ihnen das Handwerk durchaus gelegt werden muss. Verbote und Bestrafungen kommen solchen Afterärzten, weil sie durch dieselben zu Märtyrern gestempelt werden, nur zu Gute, und mehren nur noch die Zahl ihrer Patienten. Die Ärzte sollten sich nicht scheuen, durch eine Analyse des angewendeten Verfahrens und der durch dasselbe gebesserten, resp. verschlimmerten Krankheitsfälle festzustellen, was von den meist complicirten Proceduren völlig unsinnig ist und was wenigstens für einzelne Fälle rationell sein kann. Es muss aufhören, dass Kranke, an denen die Kunst der Ärzte zu Schanden geworden ist, durch medicastrirende Schulmeister, Schäfer, Schuhmacher u. s. w. gesund werden. Um nur ein Beispiel anzuführen, so ist es gar nicht unmöglich, ja es ist sogar wahrscheinlich, dass es Krankheitsfälle gibt, in welchen es den Patienten vom grössten Vortheile ist, wenn er eine Zeit lang durstet und fast nur von trockener Semmel lebt; aber wie selten wird sich ein Arzt finden, der sich zu einem solchen Verfahren entschliesst und nicht statt desselben Recepte über Recepte verschreibt, in deren Wirkung er im Grunde fast kein Vertrauen setzt. Wird nun ein solcher Kranker von einem Semmeldoctor hergestellt, so wird über den Erfolg ein so grosses Geschrei erhoben, dass viele unglückliche Kranke, für die ein solches Verfahren durchaus nicht passt, wenn sie an der Kunst der Ärzte irre geworden sind, zu ihrem grössten Schaden gleichfalls dem Semmeldoctor in die Hände fallen.

Zu den Kurmethoden, welche dadurch, dass sie die Zufuhr quantitativ und qualitativ modificiren, den Stoffwechsel, den Ernährungszustand, die Constitution der Kranken verändern und von denen wir hoffen dürfen, dass sie eine günstige Wirkung sowohl auf gewisse constitutionelle Krankheiten, als auf gewisse Erkrankungen bestimmter Organe, welche von Constitutionsstörungen abhängen, ausüben, gehört auch die Milchkur, deren Anwendung bei *Morbus Brightii* das Thema meiner Arbeit bildet. Es würde mich zu weit führen, wenn ich auch nur in gedrängtester Kürze anführen wollte, von welchen Ärzten seit Hippocrates der Genuss von verdünnter und unverdünnter Milch bei acuten und chronischen Krankheiten empfohlen ist. Verordnungen von Milch, bei welchen man im Sinne hatte, dem Kranken eine Nahrung zu reichen, die er ohne Nachtheil ertrüge, oder durch welche man hoffte, seine Kräfte zu erhalten, können nicht als „Milchkuren" in obigem Sinne bezeichnet werden und sind für mein Thema nur von untergeordnetem Interesse. Bekanntlich hat man namentlich bei Lungenschwindsucht, um den Kranken ein mildes und gleichzeitig kräftiges Nahrungsmittel zu reichen, den Genuss von grösseren Quantitäten frischer Milch verordnet, und bei chronischen Magengeschwüren, um den Kranken eine leicht verdauliche, gleichmässige und kräftige Nahrung zu geben, Wochen und Monate hindurch eine ausschliessliche Milchdiät führen lassen. Weit weniger zahlreich als der-

artige Empfehlungen sind die Empfehlungen der Milchkuren gegen constitutionelle Erkrankungen, in welchen
man die Milch als das einzige oder das wichtigste Medi-
cament ansah. Doch hat man Milchkuren gegen chronische Hautausschläge, gegen Syphilis, gegen chronische
Nervenleiden u. s. w. in Anwendung gezogen und vor Allem
mit grossem Nachdruck eine ausschliessliche Milchdiät als
ein vorzügliches Mittel gegen die Gicht empfohlen. So sagt
Van-Swieten [1]): *Observationes numerosae docuerunt, Podagricis profuisse lactis usum, et quidem adeo, ut ab omni
paroxysmo liberi fuerint, quamdiu solo lacte viverent.
Non tamen delet latentem illam in podagricis causam Pro-
égumenam. Profuit enim prae reliquis omnibus praesidiis
lactea haec diaeta; quamdiu ne latum unguem ab ea dis-
cesserint; quam primum vero ad sanorum diaetam, utut
lenem mitemque, se receperit, qui huic insueverat, Podagra,
confestim reversa, aegrum longe pejus, quam ante hac,
vexavit.* Dass die Milchkur auch bei vielen anderen Con-
stitutionsanomalien zu den wichtigsten Heilmitteln gehöre
und bei denselben ausgebreitetere Anwendung verdiene,
als viele Bade- und Brunnenkuren ist namentlich von Professor Inosemzew in Moskau in einer leider nicht in das
Deutsche übersetzten Schrift ausführlich besprochen.

Endlich habe ich in der Litteratur eine, wenn auch
nicht grosse Zahl von Empfehlungen der Milchkur gegen
Hydrops und von Mittheilungen glänzender Resultate,
welche durch dieselbe erzielt wurden, vorgefunden. Leider
sind die Krankengeschichten zum Theil so unvollständig,
dass man über die Natur des durch die Milchkur geheilten

---

1) Commentaria in Hermanni Boerhaavii Aphorismos, Tom. IV,
p. 371.

Hydrops sich kaum eine Vermuthung bilden kann. So hat Dr. Chrestien in Montpellier [1]) in sechs Fällen von Ascites, wozu sich in einzelnen Fällen noch Anasarca der unteren Extremitäten hinzugesellt hatte, ausgezeichnete Erfolge durch die Verordnung von grossen Gaben ungekochter Milch erzielt. Dr. Mansa [2]) hat einen Fall von Ascites mit ödematöser Anschwellung der unteren Extremitäten durch Milchdiät glücklich behandelt. Dr. Segond [3]) hat eine Frau mit bedeutendem Ascites durch Milchbehandlung geheilt. Mürer auf Seeland [4]) hat zwei Kranke mit Bauchwassersucht und fünf Kranke mit allgemeinem Anasarca durch ausschliessliche Milchdiät von ihrem Hydrops befreit. In neuester Zeit [5]) werden einige Fälle von sicher constatirtem acuten *morbus Brightii* berichtet, die durch reichlichen Genuss frischer Milch und weniger Eier geheilt worden seien.

Inosemzew will vier Fälle von Bright'schem Hydrops und sechs durch Erkältung entstandene Wassersuchten mit Hülfe der Milchkur vollständig geheilt haben.

Nach einer Mittheilung des Herrn Professor Niemeyer hat Krukenberg in Halle wiederholt gegen Bright'schen Hydrops mit ausgezeichnetem Erfolge ausschliessliche Milchdiät in Verbindung mit der Darreichung kleiner Gaben *crem. tart.* und einem diaphoretischen Verhalten verordnet. Namentlich erinnert sich Herr Professor Niemeyer, dass ein Arzt aus der Altmark, welchen Krukenberg behandelte, durch das angegebene Verfahren mehreremale von einem

---

1) Arch. générales Sér. 1, Bd. 27. *1831*

2) Schmidt's Jahrbücher, Bd. 2. S. 157.

3) Schmidt's Jahrbücher, Bd. 5. S. 184.

4) Schmidt's Jahrbücher, Bd. 26. S. 57.

5) Journal de Bord. 2 Sér. VII. p. 459.

hochgradigen Hydrops vollständig befreit wurde und noch zehn Jahre lang, nachdem er von seiner ersten Wassersucht befreit war, einer anstrengenden Praxis vorstand. Ebenso verdanke ich meinem Herrn Präses die Mittheilung, dass Dr. SENDLER in Magdeburg, welcher dasselbe Verfahren bei *Morbus Brightii* in Anwendung zog, in der ganzen Magdeburger Gegend im Rufe steht, die Wassersucht mit besonderem Glücke zu behandeln.

Ehe ich zur Mittheilung meiner Krankengeschichten übergehe, will ich in der Kürze anführen, dass wir keinem der von uns behandelten Kranken alle und jede Nahrung ausser der Milch entzogen, dass wir aber auch keinem gestattet haben, neben der Milch etwas Anderes als täglich zwei Eier und ein halbes Pfund Brod zu geniessen; keiner von den Kranken hat Kaffe, Thee, Gewürz, gebratenes oder gekochtes Fleisch, Wein oder Bier während der Dauer der Kur genossen; nur, wenn schliesslich den Kranken die ausschliessliche Milchkost völlig widerstand, oder wenn schwere Dyspepsie, Erbrechen und Durchfall eintrat, wurden andere Nahrungsmittel erlaubt; dieser Zeitraum trat aber in allen Fällen erst sehr spät und zu einer Zeit ein, in welcher die Besserung wesentliche Fortschritte gemacht hatte.

Erster Fall.

Gottfried Schuler aus Pfäffingen, lediger Taglöhner, 26 Jahre alt, wird am 14. Januar 1863 in die hiesige medicinische Klinik aufgenommen. Aus seinen Angaben geht hervor, dass er aus gesunder Familie stammt, als Kind immer vollkommen gesund gewesen ist, nie scrophulöse Affectionen gezeigt hat. Im achten Lebensjahr will er die „rothe Sucht" überstanden haben, nachher aber wieder so gesund als vorher gewesen sein. Ansteckung durch Syphilis stellt er entschieden in Abrede. Seit zehn Jahren trinkt er täglich Branntwein, manchmal in grossen Quantitäten. Doch ist Patient bis vor zwei Jahren immer gesund gewesen; in dieser Zeit trat Drüseneiterung am Hals auf mit nachfolgendem Ödem der Beine, welches aber nach 14 Tagen wieder verschwand. Im Juni 1862 bekam Patient bei einem Raufhandel sieben Messerstiche an verschiedene Körperstellen; besonders aus einer Brustwunde, die übrigens nicht perforirend war, verlor Patient sehr viel Blut, so dass er ohnmächtig nach Hause gebracht werden musste; Patient erholte sich nur langsam, jedoch heilten die Stichwunden allmählig nach Verfluss von sechs Wochen unter bedeutender Eiterung zu. Ungefähr 14 Tage nach der erlittenen Verletzung trat Hydrops an den Beinen auf; diese Anschwellung der unteren Extremitäten verlor sich nie mehr, sondern nahm immer zu bis zu seiner Aufnahme in's hiesige Krankenhaus; ebenso behielt Patient seit seiner Verletzung eine bleiche Gesichtsfarbe. Seit drei Wochen vor seiner Aufnahme bemerkt Patient noch ein Anschwellen seines Bauches; auch hat sich Kurzathmigkeit mit etwas Husten und Auswurf bei ihm eingestellt. Doch fühlt er sich sonst wohl und will auch keine Veränderung in der Nierensecretion bemerkt haben.

Status praesens: Patient hat bleiche Hautdecken, bleiche Schleimhäute, Intercostalfurche durch Ödem der Hautdecken verstrichen, Anasarca universalis, besonders an den unteren Extremitäten. Ferner deutlich physikalisch nachweisbar Hydrothorax, rechts stärker als links, rechts vorn an der dritten Rippe in der Mammillarlinie beginnend, am Rücken rechts vom sechsten Brustwirbel an abwärts absolute Dämpfung. Puls hat nichts Auffallendes,

Herztöne auffallend laut und rein, Herzspitze im fünften
Intercostalraum in der Mammillarlinie, ferner ist Hydropericardium deutlich nachweisbar vorhanden. Epigastrium
und beide Hypochondrien ziemlich gewölbt, aber keine Geschwulst zu fühlen, mässiger Ascites ist vorhanden. Starker
Eiweissgehalt des Urins mit starkem weisslichem Sediment,
in welchem harnsaure Salze, reichliche Fibrincylinder,
zum Theil mit noch erhaltenen, zum Theil mit verfetteten
Epithelien besetzt, sich vorfinden. Der Urin reagirt sauer,
enthält keinen Zucker, die 24stündige Urinmenge ist etwas
unter der Norm, 1200—1400 Cc., spec. Gew. 1020—1021.
Körpergewicht des Patienten 138 Pfund 20 Loth.

Weiterer Verlauf und Therapie. Es wird energische Diaphorese eingeleitet und zwar in der Weise, dass
man den Kranken in ein Bad von 37⁰ C. sich begeben lässt,
und dann durch Zulassen erwärmten Wassers den Wärme-
grad bis auf 42⁰ steigert; in einem solchen Bade bleibt der
Kranke 35 Minuten, und wird dann in vorher erwärmte
wollene Decken eingepackt, worin man ihn 1—2 Stunden
lang schwitzen lässt. Um zu controlliren, um wie viel der
Patient durch das Baden und Schwitzen an Gewicht abgenommen hat, wurde derselbe sowohl vor als nach dem
Bade genau gewogen. Patient nimmt am 20. Januar das
erste Bad. Nach dem Bad und Schwitzen [1]) hat Patient um
¹/₂ Pfund an Gewicht abgenommen, der Hydrops aber ist
trotzdem, in Wachsen begriffen. Am 21. Januar fängt
Patient an, etwas schwer zu hören, klagt über Grimmen
im Bauch, Schmerzen im linken Arm. Am 24. Januar

---

1) Überall wo später von dem „Gewicht nach dem Bade" die
Rede ist, ist das Gewicht des Kranken nach der Beendigung des
Bades und dem Verlassen der wollenen Decken gemeint.

traten unter Fortbestehen der heftigen Leibschmerzen zwölf
dünne Stühle ein. (Die dünnen Stühle sind analog dem
Hautödem als seröse Transsudation zu betrachten.) In Folge
der starken Wasserverluste durch den Darm beträgt die
24stündige Urinmenge blos 840 Ccm., spec. Gew. 1021,
Puls 92, Temperatur 37,9. Kein Erbrechen. Am 25. Januar
Morgens beträgt die 24stündige Urinmenge 1060 Ccm.,
sp. Gew. 1020. Am 25. Januar Abends klagt Patient immer
noch über heftige Leibschmerzen, bekommt sieben dünne
Stühle. Kein Kopfschmerz. Patient hört auch wieder gut.
Am 26. Januar dauern die Durchfälle fort, sind fast blos
wässrige Stuhlentleerungen; 24stündige Urinmenge 1300
Ccm., spec. Gew. 1020. Gegen diese intercurrenten Durch-
fälle bekommt Patient G. Kino, Rad. Columbo, Catechu.
Am 26. Januar Abends haben die Durchfälle nachgelassen.
Während über die Zeit des Bestehens der Durchfälle die
Bäder ausgesetzt wurden, nahm das Oedem, besonders der
Beine beträchtlich zu. Aber durchaus Fehlen von urämi-
schen Erscheinungen. Am 1. Februar nimmt Patient wieder das erste Bad, da das Abweichen gänzlich verschwunden ist. Körpergewicht vor dem Bade 151 Pfund 16 Loth,
nach dem Bade 151 Pfund. Da Patient seit den letzten
Tagen wieder weniger Urin lässt, bekommt er Saturat.
scillit. Trotz des Badens und trotz der Diuretica nimmt
aber der Hydrops des Unterhautzellgewebes und der serösen
Cavitäten immer mehr zu. Patient wiegt am 3. Februar
vor dem Bade 153 Pfd. 16 Loth, nach dem Bade 153 Pfd.,
lässt auch sehr wenig Urin.

Am 5. Februar Körpergewicht vor dem Bade 158 Pfd.,
nach dem Bade 157 Pfund 16 Loth. Sonst subjectives Befinden gut. Am 8. Februar Körpergewicht vor dem Bade
161 Pfund, nach dem Bade 160 Pfund·16 Loth. Der Hoden-

sack stellt durch das Ödem eine bedeutende Geschwulst dar und der Penis hat die Posthornform. Am 9. Februar Körpergewicht vor dem Bade 162$^1/_2$ Pfund. Patient konnte heute nicht schwitzen. Es werden die folgenden 6 Tage Citronen verordnet. Am 10. Februar Körpergewicht vor dem Bade 164 Pfund 20 Loth, nach dem Bade 163 Pfund 16 Loth.

Am 11. Februar. Wiegt vor dem Bade 165$^1/_2$, nach dem Bade 164$^1/_2$ Pfund.

Am 12. Februar. Wiegt vor dem Bade 168 Pfund, nach dem Bade 167 Pfund. Der spärlich gelassene Urin zeigt einen beträchtlichen Eiweissgehalt. Das subjective Befinden gut.

Am 13. Febr. Körpergewicht vor dem Bade 168 Pfd. 4 Loth, nach dem Bade 167 Pfund 8 Loth. Sonst status idem. Am 14. Febr. wiegt Patient vor dem Bade 170 Pfd., nach dem Bade 168$^1/_2$ Pfund.

Am 15. Februar 170 Pfund 4 Loth vor, 169 Pfund 16 Loth nach dem Bade.

Am 16. Febr. 171 Pfund 8 Loth vor, ebenso 171 Pfund 8 Loth nach dem Bade. Schmerzhaftes Ödem am linken Arm. Diuret. Thee.

Vom 17. Februar kein Bad mehr wegen der Schmerzen im linken Arm, wahrscheinlich in Folge durch Ödem bedingter Spannung. Dagegen werden Einwicklungen des Arms gemacht. Patient hat seit gestern um 1 Pfund an Gewicht zugenommen.

Am 18. Februar Körpergewicht 176 Pfund (hat also in einem Tag um 4 Pfund zugenommen). Sehr beträchtliches Anasarca universalis, der Hydrothorax erstreckt sich rechts herauf bis zwei Finger unter die spina scapulae, links nicht ganz so weit. Ferner besteht Lungencatarrh;

hochgradiges Hydropericardium; Herzstoss nicht deutlich, Puls 120. Eiweissgehalt des Urins sehr bedeutend.

Am 19. Februar immer noch heftige Schmerzen im linken Arm. Patient hat um 24 Loth abgenommen.

Am 21. Februar keine Gewichtszunahme. Status idem in den nächsten drei Tagen.

Am 25. Februar werden gegen das Ödem der Beine leichte Scarificationen gemacht. Puls 112 und klein.

Am 26. Februar hat Patient um 2 Pfund abgenommen, in Folge davon erscheint das vorher gedunsene Gesicht mager; der Hydrothorax, das Hydropericardium und der Hydrops der übrigen Körpertheile veränderten sich nicht. Puls 112. Respirat 26. Temperatur 38,6.

Am 27. Februar hat Patient wieder um $^1/_2$ Pfund zugenommen. Puls 108.

Vom 1—3. März nimmt das Ödem beträchtlich zu. Patient wird seitdem bettlägerig. Es treten heftige Schmerzen im linken Bein auf, das durch Ödem kolossal ausgedehnt ist. Ferner treten heftige Kopfschmerzen auf, Funkensehen, auch sieht Patient schlechter. Puls 124. Es wird diuret. Thee verordnet. —. In den nächsten Tagen tritt Besserung ein; am 10. März haben sich die Schmerzen im linken Bein ganz verloren, nur noch etwas Kopfschmerz ist vorhanden, Patient hat um 2 Pfund abgenommen, wiegt 168 Pfund. Bekommt Tartar. boraxatus, Roob Sambuci. Am 11. März treten wieder heftige Kopfschmerzen auf, jedoch ohne Seh- oder Gehörstörung.

Am 12. März erreichen die Kopfschmerzen noch grössere Intensität, beschränkt auf hintere Schläfen- und Hinterhauptsgegend; zweimal tritt Erbrechen ein, ohne besondere Eigenthümlichkeit der erbrochenen Massen. Gesicht

und Gehör normal. Verordnung: Flor. benzoës, Eisum-
schläge. Es erfolgen vier dünne Stühle.

In der Nacht vom 12—13. März hat Patient gut geschlafen, befindet sich besser, auch der Kopfschmerz hat
um vieles nachgelassen. Puls 100. Urinsecretion ist etwas
vermindert.

Am 14. März reichlichere Urinsecretion; Allgemeinbefinden gut. Ebenso die folgenden Tage.

Am 18. März Gewicht 171½ Pfund. Ebenso die folgenden Tage Gewichtszunahme.

Am 21. März nimmt Patient wieder ein Bad, worauf
aber keine Gewichtsabnahme erfolgt, Patient wiegt jetzt
173 Pfund; lässt wenig Urin. Am 24. März beträgt das
Körpergewicht 175½ Pfund. Am 25. März erfolgt starker
Schweiss, wenig Urin. Körpergewicht steigt immer
mehr, erreicht am 28. März den höchsten Grad,
180 Pfd., also 42 Pfd. mehr als bei seiner Aufnahme.

Nun wird neben Fortsetzung energischer Diaphorese
Milchkur verordnet, Anfangs 3 Schoppen vom 28—31. März,
seit dem 30. März noch dazu 2 Eier; vom 1—3. April
4 Schoppen Milch und 2 Eier; vom 4—10. April 5 Schoppen Milch, ½ Pfund Brod, 2 Eier; vom 11—15. April
6 Schoppen Milch, ½ Pf. Brod, 2 Eier; vom 16—26. April
5 Schoppen Milch, ½ Schoppen Wein, ½ Pf. Brod, 2 Eier.

Schon am zweiten Tag nach dem Milchgebrauch be-
merkte der Kranke, dass er stärker schwitze nach dem
Bade, dass viel grössere Mengen Urin entleert werden.
Dem entsprechend zeigte es sich, dass er schon am 1. April
vor dem Bade 176 Pfund, nach dem Bade 174 Pfund wog,
die 24stündige Urinmenge war dabei 1500 Ccm., das spec.
Gew. 1020½, der Harn aber immer noch sehr eiweisshaltig.
Am 21. April wog Patient vor dem Bade 172¼, nach dem

Bade 170¹/₂ Pf., die 24stündige Harnmenge war 1685 Ccm., das spec. Gew. 1014¹/₂; dem entsprechend hat die Wasseransammlung im Thorax um ¹/₂ Finger abgenommen. Am 3. April betrug das Körpergewicht vor dem Bade 168 Pfd., nach dem Bade 166 Pfund, die 24stündige Harnmenge war 1740, das spec. Gew. 1010¹/₂. Am 4. April war das Gewicht nach dem Bade 164, die 24stündige Urinmenge 2030, spec. Gew. 1015¹/₂. Am 5. April war das Körpergewicht 161 Pf., nach dem Baden und Schwitzen 159 Pfund; dem entsprechend ist die Wasseransammlung im Thorax nur noch auf die untersten Parthien beschränkt, ebenso nur noch wenige Rasselgeräusche auf der Brust; das Hydropericardium hat gleichfalls bedeutend abgenommen. Am 6. April wog Patient vor dem Bade 155¹/₂ Pfd., nach dem Bade 153¹/₂ Pfd.; Allgemeinbefinden sehr gut, 24stündige Urinmenge 2200 Ccm., spec. Gew. 1011. Am 7. April Körpergewicht vor dem Bade 152 Pfund, nach dem Bade 149 Pfund, 24stündige Harnmenge 2000 Ccm. Am 8. April Körpergewicht nach dem Bade 146¹/₂ Pfund, 24stündige Harnmenge 2020 Ccm., spec. Gew. 1016. Am 9. April Körpergewicht vor dem Bade 145 Pfund, nach dem Bade 143¹/₂ Pfund, 24stündige Harnmenge 1900 Ccm. Am 10. April Körpergewicht 140 Pfund, durchs Bad keine Abnahme, 24stündige Urinmenge 2000, spec. Gew. 1013¹/₂. Was die Ergüsse in der Pleurahöhle betrifft, so ist links unten voller Schall, blos rechts unten noch eine kleine Dämpfung. Leber und Magen sind nicht mehr verdrängt. Hydropericardium fast vollständig verschwunden. Blos die unteren Extremitäten sind noch ziemlich geschwollen.

Am 11. April betrug das Körpergewicht 136 Pfund, nach dem Bade 135 Pfund, 24stündige Urinmenge 2000 Ccm., spec. Gewicht 1013. Am 12. April wog Patient

133 Pfund, nach dem Bade 131 Pfund. Allgemeinbefinden sehr gut.

Am 13. April Körpergewicht 139 Pfund, nach dem Bade 127 Pfund, 24stündige Urinmenge 2100 Ccm. Das Ödem der Unterschenkel fast ganz verschwunden.

Am 14. April Körpergewicht 125 Pfund, nach dem Bade 123$^1/_2$ Pfund, 24stündige Urinmenge 2000 Ccm.; auf der Brust überall reines Vesiculärathmen.

Am 15. April Körpergewicht 123 Pfund, nach dem Baden 121 Pfund, 24stündige Urinmenge 2200. Das Ödem am linken Unterschenkel fast vollständig verschwunden, auch wenn Patient den ganzen Tag ausser Bett zugebracht hat, am rechten Unterschenkel nur noch unbedeutendes Anasarca. Patient fühlt sich nach dem Bade sehr schwach, wird schwindelig und muss sich erbrechen.

Am 16. April hat Patient um 1 Pfund zugenommen. Am 18. April hat er wieder um 1 Pfund an Gewicht zugenommen, jedoch ist das Allgemeinbefinden sehr gut. Am 19. April ist das Körpergewicht 123$^1/_2$ Pfund; Ödem kaum noch auf Fussrücken und praeputium.

Am 20. April hat Patient wieder um $^1/_2$ Pfund abgenommen. Am 21. April aber wieder um 1 Pfund zugenommen. Von heute an strenge Milchdiät.

Am 22. April Körpergewicht gleich.

Am 23. April wiegt Patient 124 Pfund 24 Loth, nimmt wieder ein Bad, wiegt nach dem Bade 123 Pfund. Am 24. April Körpergewicht 124, nach dem Bade 122 Pfund. Am 25. April Körpergewicht 123 Pfund; Patient ist heute zu baden verhindert. Seine Kost besteht von heute an in 6 Schoppen Milch, $^1/_2$ Pfund Brod und 2 Eiern.

Am 26. April wiegt Patient nach dem Bade 120 Pfund. Also wiegt Patient am 26. April 18 Pfd.

weniger als bei seiner Aufnahme, 58—60 Pfund weniger als zu der Zeit, wo der Hydrops seine grösste Höhe erreicht hatte. Alles Ödem der Haut und der serösen Cavitäten ist vollständig verschwunden; aber der Urin immer noch eiweisshaltig.

Das Körpergewicht bleibt gleich bis zum 29. April, wo Patient nach dem Bad 118½ Pfund wiegt. Sein subjectives Allgemeinbefinden bleibt ebenfalls gut, nur einmal klagt Patient über heftige Leibschmerzen, die sich aber auf einige Tropfen Opiumtinctur wieder verlieren; auch will Patient wegen Brechneigung die Milchkur nicht länger fortsetzen, doch verliert sich der Eckel wieder und er setzt die Milchkur fort. Patient wird am 3. Mai mit einem Körpergewicht von 120 Pf. entlassen, sein Allgemeinbefinden ist sehr gut, der Eiweissgehalt des Urins ist aber immer noch beträchtlich.

Patient meldet sich aber schon am 19. Mai zur Wiederaufnahme wegen wieder aufgetretenen Ödems der unteren Extremitäten und wegen einer bevorstehenden Drüseneiterung in der rechten Halsgegend. Er hat bei seiner Wiederaufnahme ein Körpergewicht von 136½ Pfund. Er wird auf Milchdiät gesetzt — 6 Schoppen Milch, ½ Pfund Brod, 2 Eier täglich —. Der Abscess heilt nach Eröffnung desselben. Bäder hat der Kranke diesmal fast gar keine genommen wegen der eiternden Halswunde. Aber schon am 20. Mai hat Patient um 3½ Pfund abgenommen, und sein Körpergewicht ist während gleichzeitig stets stark vermehrter Urinsecretion fortwährend im Abnehmen begriffen, so dass Patient am 23. Mai blos noch 121½ Pfund wiegt, also hat Patient seit dem 19. Mai (Tag seiner Wiederaufnahme) um 14½ Pfund abgenommen. Das Ödem ist dem entsprechend in stetiger Abnahme begriffen, so dass am 30. Mai nur noch leichtes Ödem um die Knöchel herum vorhanden ist; sonst ist das subjective Allgemeinbefinden gut. Der Harn ist aber immer noch sehr eiweissreich, hellgelb und wenig sedimentirend. Patient wird am 3. Juni mit einem Gewicht von 122 Pfund und allgemeinem Wohlbefinden entlassen.

Patient fühlt sich nun seit seiner Entlassung den ganzen Sommer und Herbst hindurch wohl, kann seinen Geschäften wie jeder andere nachgehen, arbeitet in der Ernte und beschäftigt sich mit Dreschen, nur klagt er manchmal über Kopfschmerzen, die besonders bei Witterungswechsel eintreten sollen, auch leidet er manchmal an spontanem Erbrechen ohne Blut oder besonderen Geruch. Diese beiden Symptome, der Kopfschmerz und das Erbrechen, wiederholten sich später häufiger, mitunter fast täglich, besonders wird seit Anfang November der Kopfschmerz mehr anhaltend, das Erbrechen tritt fast nach jeder Mahlzeit ein, so dass er nur noch mit Auswahl Speisen geniessen kann. Doch geht Patient immer noch seinen Geschäften nach, bis er am 9. November d. J. Abends von der Arbeit ganz matt und in heftigem Fieberfrost nach Hause kommt, von dieser Zeit an bettlägerig wird, bedeutend fiebert, delirirt, jede genossene Speise erbricht, immer über Kopfschmerzen und Rückenschmerzen klagend, so dass seine Angehörigen zuletzt seinen Zustand bedenklich fanden und ihn per Omnibus nach Tübingen beförderten, wo er am 14. November d. J. in's Krankenhaus eintritt in einem schon so desolaten, fast schon soporösen Zustande, dass von einer eigentlichen Anamnese nicht mehr die Rede sein konnte. Patient wurde sogleich zu Bette gebracht und bot bei seiner damaligen letzten Aufnahme folgendes Bild dar: er liegt mit fieberhaft geröthetem Gesicht da, Puls voll, 108 Schläge, Temperatur 39,9, Respiration 40; er zeigt die Zeichen eines beginnenden acuten Lungenödems, eine nähere Untersuchung der Brustorgane ist unmöglich, da Patient bei jedem Versuch, ihn aufzurichten, über heftige Rückenschmerzen klagt. Herzhypertrophie ist deutlich nachzuweisen, Herztöne rein. Im dritten Intercostalraum linkerseits und von hier abwärts längs des Sternums ein undeutliches Reibungsgeräusch dem ersten Herzton nachschlagend. Die linke Pupille ist etwas weiter als die rechte. Kein Kopfschmerz, kein Erbrechen, kein Ödem. Urin stark eiweisshaltig. Dabei ist Patient sehr unruhig, besonders Nachts, delirirt anhaltend und laut. Verordnung Infus. Senegae, Blutegel hinter die Ohren, kalte Umschläge um den Kopf. Am 15. November Puls 108 und voll, Temperatur 39,5, Respiration 40, die Rasselgeräusche auf der Brust bedeutend vermehrt, schon in Distanz deutlich hörbar. In der nachfolgenden Nacht wieder starkes Deliriren. Am 16. November Puls schwach, undulirend, aber nicht aussetzend, Respiration 36, Temperatur 39,5. Patient klagt wiederholt befragt nie über Kopfschmerz. Patient stirbt am 17. November Morgens 7 Uhr.

Die Section ergibt weit verbreitetes acutes Lungenödem, einen hühnereigrossen pneumonischen Heerd im linken unteren Lappen. Hypertrophie des Herzens, besonders des linken Ventricels, ein rauher umfangreicher Sehnenfleck auf dem rechten Vorhof; die Flüssigkeit im Pericardium ist etwas vermehrt, zeigt bei der chemischen Untersuchung des Herrn Prof. Hoppe unbedeutende Spuren von Harnstoff. Die anatomischen Zeichen eines chronischen Magencatarrhs. Beide Nieren im dritten Stadium des Morbus Brightii. Eitrige Meningitis basilaris, die sich als Meningitis spinalis durch das ganze Rückenmark hinunter erstreckt.

Zweiter Fall.

Karl Schweitzer aus Rübgarten, Taglöhner, 24 Jahre alt, wird am 22. Juli 1863 in die hiesige medicinische Klinik aufgenommen. Aus seinen Angaben lässt sich folgendes entnehmen: Patient war bis vor einem Jahr ganz gesund. Vor einem Jahr bekam Patient nüchtern immer einen bitteren, pappigen Geschmack im Mund, Verschleimung im Rachen und ein unangenehmes Gefühl von Leere im Magen, welche Beschwerden aber jedesmal nach dem Essen wieder verschwanden. Sonstiges Allgemeinbefinden gut. Seit Monat Mai beschäftigte sich Patient mit Graben eines Kellers, wobei er viel im Wasser stehen musste. Vor etwa 3 Wochen begannen nun seine Augenlider und Füsse zu schwellen, welche Anschwellungen sich aber wieder verloren; seine Leistungsfähigkeit hatte auch noch nicht abgenommen. Oben genannte Anschwellungen kamen aber später immer wieder und wurden zuletzt so stark, dass Patient seit eilf Tagen die Arbeit aufgeben musste. In Betreff der Menge und Beschaffenheit des Urins will Patient nichts Abnormes bemerkt haben, höchstens sei manchmal der Urin etwas trüber gewesen. Die Anschwellung verbreitete sich nun auch auf das Gesicht und die Brust, welches Ödem aber, wie auch das der Füsse, zeitweise wieder verschwand. Seit einigen Tagen aber verlor sich die Anschwellung nicht mehr ganz, auch das scrotum schwoll an, die unteren Extremitäten bis zu den Hüften herauf, der Bauch aber soll nicht angeschwollen sein. Appetit gut. Urinsecretion geregelt. Patient will den ganzen Sommer hindurch Durchfall gehabt haben, auch vorübergehend einige Tage an Kopfweh gelitten haben.

Status praesens. Patient ist ein robustes, muskulöses Individuum, sieht aber ziemlich blass aus, zeigt ziemlich beträchtliches Ödem der unteren Extremitäten, ebenso am scrotum und penis, aber Gesicht und obere Extremitäten haben kein Ödem. Brust und Bauch gehen ohne scharfe Grenze in einander über, Bauch ist ziemlich ausgedehnt, Bauchdecken leicht ödematös. In der Bauchhöhle beträchtlicher Erguss, am Rücken leichtes Anasarca. Etwas Hydrothorax ist vorhanden, links etwas mehr als rechts. Herzdämpfung normal, Herztöne rein. Urin rothbraun, trüb, sedimentirt stark, enthält reichlich Eiweiss und Cylinder und zahlreiche freie, runde, granulirte Zellen. Puls 68. Respirat 26. Temperatur normal.

Am 27. Juli ist Hydrothorax etwas stärker, Patient klagt über Engigkeit. Urin auffallend roth gefärbt, aber kein Blut enthaltend.

Am 28. Juli. Die Anschwellung des Bauches ist in Zunahme begriffen, ebenso der Hydrothorax, auch das Anasarca der hinteren Thoraxwand nimmt zu. Urinsecretion nicht auffallend vermindert. Allgemeinbefinden gut. Körpergewicht 124 Pfund 12 Loth. Verordnung: Milchdiät — 5 Schoppen Milch, ½ Pfund Brod, 2 Eier, 1 Bouillon.

Am 29. Juli status idem. Seit gestern dünne Stuhlentleerungen auf die Milch, desshalb ist die 24stündige Urinmenge nicht genau zu bestimmen; doch hat Patient trotz den vielen Stuhlentleerungen noch 1140 Ccm. Urin gelassen in 24 Stunden; spec. Gewicht 1019.

Am 30. Juli Körpergewicht 120 Pfd. 28 Loth. Abends beträgt die 24stündige Urinmenge 2200 Ccm., das spec. Gewicht 1015,8, das Körpergewicht 121 Pfund 12 Loth. Das Abweichen hat aufgehört.

Am 31. Juli beträgt das Körpergewicht Morgens 120 Pfd.

4 Loth, Abends 120 Pfund 2 Loth, 24stündige Urinmenge 2050, spec. Gewicht 1015. Urin fleischfarben, trübe, stark sedimentirend.

Am 1. August die Dämpfung am Thorax fast ganz verschwunden, kein Hydropericardium, Körpergewicht 118 Pfd. 12 Loth. Abends Körpergewicht 117$\frac{1}{2}$ Pfund, 24stündige Urinmenge 2200, spec. Gewicht 1016.

Am 2. August beträgt das Körpergewicht 115 Pfund 24 Loth, 24stündige Urinmenge 2300 Cc., spec. Gewicht 1014$\frac{1}{2}$, Allgemeinbefinden gut. Hydrops sichtlich im Abnehmen.

Am 3. August Körpergewicht 115 Pfund 16 Loth. Urin sehr eiweissreich. Abends Körpergewicht 114$\frac{1}{2}$ Pfd., 24stündige Urinmenge 2100 Cc., spec. Gewicht 1016. Im Thorax kein Erguss mehr nachzuweisen.

Am 4. August Körpergewicht 111 Pfund 26 Loth, 24stündige Urinmenge 2520 Cc., spec. Gewicht 1014.

Am 5. August Körpergewicht 110 Pfund, 24stündige Urinmenge 2000 Cc., spec. Gewicht 1015.

Am 6. August Körpergewicht 108 Pfd. 20 Loth. Urin aber immer noch sehr eiweissreich. Abends Körpergewicht 108 Pfund 24 Loth, 24stündige Urinmenge 1760, spec. Gewicht 1015.

Am 7. August beträgt das Körpergewicht Morgens 107 Pfund 24 Loth, Abends 108 Pfund 10 Loth, 24stündige Urinmenge 2070, spec. Gewicht 1016.

Am 8. August. Patient klagt über starken Kopfschmerz, hat auch einmal erbrochen; Übelkeit, Appetitmangel, auch etwas Abweichen; Pupillen sind gleich weit. Körpergewicht beträgt Morgens 107 Pfd., Abends 104 Pfd. 28 Loth. Die Milchkur wird wegen des Erbrechens und Übelkeit ausgesetzt.

Am 9. August Körpergewicht Morgens 103 Pfd. 16 Loth, Abends 101 Pfund 16 Loth; es besteht starkes Abweichen, jedoch ohne Bauchschmerzen. Kein Kopfweh mehr, auch das Erbrechen ist nicht mehr so heftig. Die Milchdiät wird wieder angefangen. Die 24stündige Harnmenge ist wegen des Abweichens nicht zu bestimmen.

Am 10. August Körpergewicht Morgens 98 Pfd. 18 Loth; während des Frühstücks einmal Erbrechen. Abends Körpergewicht 97 Pfund 20 Loth. Das Abweichen dauert fort.

Am 11. August Körpergewicht 195 Pfund 8 Loth. Urin ist jetzt gelblich, nicht mehr roth gefärbt. Abweichen hat nachgelassen.

Am 12. August Körpergewicht 93 Pfund 18 Loth, 24stündige Urinmenge 1800 Cc., spec. Gewicht 1013.

Am 13. August beträgt das Körpergewicht Morgens 92 Pfund. Heftiges Abweichen. Milchdiät wird ausgesetzt. Nirgends mehr Ödem. Eiweissgehalt des Harns scheint etwas geringer.

Am 14. August Körpergewicht 95 Pfund 8 Loth. Das Abweichen hat nachgelassen.

Am 15. August Körpergewicht 93 Pfund. Alles Ödem ist vollständig verschwunden, bis auf leichtes Ödem der Füsse.

Am 16. August wird Patient e n t l a s s e n mit einem Körpergewicht von 97 Pfund 24 Loth.

Wiederaufnahme am 26. September 1863.

Patient gibt an, dass er schon etwa vier Tage nach seiner Ankunft zu Hause an sehr heftigem Kopfweh, Durchfall und Erbrechen neben starkem Durst und Appetitlosigkeit erkrankt sei. Dieser Zustand dauerte in seiner Heftigkeit nur einen Tag an, aber Abweichen und Erbrechen haben in mässigem Grade immer fortgedauert. Auch bemerkte Patient schon in den ersten Tagen seines Zuhauseseins, dass der Bauch immer grösser wurde, und dass namentlich die Bauchdecken bedeutend zu schwellen anfiengen; diese Anschwellung, zu der sich auch vorübergehend Anschwellung der Füsse gesellte, liess trotz des Abweichens nur vorübergehend nach. Urinsecretion soll nicht vermindert gewesen sein, blos soll häufigerer Harndrang während des starken Abweichens bestanden haben; der Harn sei nie blutig gewesen. Auch erkrankte Patient vier Wochen nach seiner Ankunft zu Hause, wo gerade eine Ruhrepidemie bestand, an Dysenterie, von der er übrigens in acht Tagen wieder genass.

Status praesens am 27. September. Ziemlich grosser Ascites, kein Ödem der Hautdecken, unbedeutender Hydrothorax. Sonst negativer Befund. Herz normal. Patient klagt über heftige Kopfschmerzen; kein Erbrechen, keine Convulsionen, Pupillen sind gleich, mässig weit. Körpergewicht 102 Pfund, 24stündige Urinmenge 2200 Cc., spec. Gewicht 1015. Eiweissgehalt des Urins noch sehr stark, Farbe fast fleischroth, jedoch kein Blut enthaltend. — Es wird Milchkur verordnet und *Ferr. citric.*

Am 28. September beträgt das Körpergewicht Morgens 100 Pfund, 24stündige Harnmenge 2600 Cc., spec. Gewicht 1014. Noch immer etwas Kopfschmerzen. Patient hat eine sehr blasse Hautfarbe, blasse Schleimhäute.

Am 29. September nimmt Patient ein Bad mit nachfolgendem Schwitzen, hat ein Körpergewicht von 97 Pfd. 5 Loth vor dem Bade, von 96 Pfund 24 Loth nach dem Bade, 24stündige Harnmenge 2650, spec. Gewicht 1014.

Am 30. September wiegt Patient vor dem Bade 96 Pfd.

8 Loth, nach dem Bade 95 Pfd. 12 Loth, 24stündige Urinmenge 2700 Cc., spec. Gewicht 1013,8.

Am 1. November Körpergewicht 95 Pfd. vor, 93 Pfd. 12 Loth nach dem Bade, 24stündige Urinmenge 2400 Cc., spec. Gewicht 1015.

Am 2. November Körpergewicht vor dem Bade 95 Pfd. 8 Loth, nach dem Bade 94 Pfund 31 Loth, 24stündige Urinmenge 2600 Cc., spec. Gewicht 1013,9.

Am 3. November wird Patient mit einem Körpergewicht von 95 Pfund 20 Loth und allgemeinem Wohlbefinden entlassen.

Dritter· Fall.

Gottlieb Schwaigerer aus Reutlingen, 35 Jahre alt, wird am 8. August 1863 in die hiesige Klinik aufgenommen. Er gibt Folgendes an: er sei bis voriges Jahr ganz gesund gewesen; im August v. J. Beginn des jetzt bestehenden Leidens. Zuerst empfand Patient Kreuzschmerzen, wurde blässer, weniger leistungsfähig, es stellte sich Appetitlosigkeit ein, dann Anschwellung der Füsse. Auch will Patient in letzter Zeit etwas kurzathmig geworden sein, jedoch ohne Husten. Das Uriniren soll immer gut gegangen sein, Patient glaubt eher etwas mehr Harn gelassen zu haben, Urin sei vorübergehend röthlich und sedimentirend gewesen. Seit 4—5 Wochen habe er Kopfschmerzen, zweimal habe sich Erbrechen eingestellt, jedoch kein Ohrensausen, kein Schwindel.

Status praesens: beträchtliches Anasarca, Hydropericardium, Herztöne rein, Hydrothorax hinten rechts bis zum Schulterblattwinkel, links etwas tiefer stehend. Etwas

Ascites. Körpergewicht 171 Pfund 16 Loth. Urin stark eiweisshaltig.

Am 9. August Körpergewicht 169 Pfund. Es wird Milchkur (5 Schoppen Milch, $^1/_2$ Pfund Brod, 1 Bouillon, 2 Eier) verordnet.

Am 10. August Morgens Körpergewicht 165 Pfund 24 Loth, Abends 166 Pfund 26 Loth.

Am 11. August wird ausser der Milchkur noch energische Diaphorese mit nachfolgendem Schwitzen verordnet; ferner Electuar. lenitiv. gegen Stuhlverstopfung. Körpergewicht beträgt Morgens nach dem Bade 166 Pfund, Abends 167 Pfund, 48stündige Harnmenge 1600 Cc., spec. Gewicht 1018.

Am 12. August Körpergewicht 169 Pfund 6 Loth, Urinmenge sehr gering, spec. Gewicht fast 1019.

Am 13. August Morgens Körpergewicht nach dem Bade 166 Pfund 16 Loth, Abends 168 Pfund, 24stündige Harnmenge 1095, spec. Gewicht 1018. Da immer noch Stuhlverstopfung besteht, wird Ol. Ricini mit Erfolg gegeben. Eiweissgehalt des Urins immer noch sehr stark.

Am 14. August Körpergewicht 167 Pfund, 24stündige Urinmenge 1000 Cc., spec. Gewicht 1019.

Am 15. August Körpergewicht vor dem Bade 166 Pfund 8 Loth, nach dem Baden und Schwitzen 164 Pfund, Abends aber ist das Gewicht schon wieder auf 167 Pfund 12 Loth gestiegen; 24stündige Urinmenge beträgt 1700 Cc., spec. Gewicht 1017.

Am 16. August wiegt Patient vor dem Bade 166 Pfund, nach dem Bade 165 Pfund, Abends 166 Pfund 12 Loth. Die 24stündige Urinmenge beträgt 1340, spec. Gewicht 1012.

Am 17. August Morgens Körpergewicht 164 Pfund 12 Loth, nach dem Schwitzen 163 Pfund 12 Loth, Abends

163 Pfund 24 Loth; 24stündige Urinmenge 1160 Cc., spec. Gewicht 1013,5. Heute Nachmittag einmal Erbrechen unmittelbar nach dem Essen.

Am 18. August Körpergewicht vor dem Baden 162 Pfund, nach dem Baden und Schwitzen 161 Pfund 8 Loth; 24stündige Urinmenge 850 Cc., spec. Gewicht 1018.

Am 19. August wog Patient vor dem Bade 162 Pfund, Abends 164 Pfund; 24stündige Harnmenge 1350 Cc., spec. Gewicht 1018.

Am 20. August Körpergewicht vor dem Bade 162 Pfund; Abends 164 Pfund 8 Loth. Patient klagt über Kopfschmerzen, hat aber kein Abweichen, kein Erbrechen, keine Sehstörung.

Am 21. August Körpergewicht nach dem Bade 163 Pfund 6 Loth; Abends 164½ Pfund; 24stündige Urinmenge 1900 Cc.; spec. Gewicht 1011.

Am 22. August. Das Bad wird ausgesetzt wegen Unwohlseins des Patienten; er erbricht gallig gefärbte Massen, kein Abweichen, starkes Kopfweh, bedeutende Müdigkeit, keine Convulsionen; starker Schüttelfrost, abwechselnd mit Hitze, Puls 112, Respiration 32; etwas Hydrothorax, Hydropericardium reicht bis zur Mitte des Sternums, Herztöne rein, Urinsecretion wie gestern. Schwitzen und Milchkur wird ausgesetzt. Verordnung: Aq. amygd. amar. c. acid. muriat. dil.

Am 22. August. Erbrechen hat aufgehört. Kopfweh geringer. Puls 96. Patient fühlt sich wohler.

Am 23. August. Kein Erbrechen, kein Kopfweh mehr. Puls 92 und kräftig.

Am 24. August. Vor dem Bade 167 Pfund 12 Loth, nach dem Bade 164 Pfund 17 Loth.

Am 25. August. Gewicht 167 Pfund 28 Loth. Heftige Schmerzen längs des linken Oberschenkels, so dass Patient kaum im Stande ist zu gehen. Das Bad muss ausgesetzt werden. Einreibungen mit Ol. hyosc. — Abends dauern die Schmerzen noch fort; Urinsekretion sehr gering, etwa 380 Cc. Patient zeigt einen bleichen apathischen Gesichtsausdruck. Der Bauch beträchtlich ausgedehnt, mit starkem Ödem der Hautdecken. Der Hydrothorax reicht links hinauf bis drei Finger unter den Schulterblattwinkel, links etwas weniger. Hydropericardium, aber Herztöne rein. Puls 120, Respiration 36. — Verordnung: Saturat. Scillit. Flor. Benzoës. Einwicklungen des Fusses.

Am 26. August. Die Schmerzen des Fusses haben nachgelassen, Kurzathmigkeit hat zugenommen. Sonst *status idem*. Geringe Urinsekretion. Patient verträgt die Milch nicht mehr. — Abends: Puls 126, Respiration 40. Sonst keine Veränderung.

Am 27. August. Patient hat wegen heftiger Schmerzen im Leib und Rücken die ganze Nacht nicht geschlafen. Das Ödem nimmt zu. Patient kann gar keinen Urin lassen; der eingeführte Katheter entleert etwa 300 Cc. Harn. — Abends: die Leib- und Kreuzschmerzen haben abgenommen, dagegen die Kurzathmigkeit zugenommen; der Hydrothorax ist um einen Finger breit gestiegen. Sehr blasses Gesicht. Stierer Blick. Puls 124. Respiration 44. Verordnung: Infus. Seneg. Wegen der heftigen Schmerzen $1/6$ gr. Morph.

. Am 28. August. Patient hat fast die ganze Nacht geschlafen. Die Kurzathmigkeit ist vermindert. Patient fühlt sich wohler. Der Stand des Hydrothorax derselbe. Es werden Scarificationen in die prall gespannten Bauchdecken gemacht, wodurch der Leib beträchtlich abschwillt. Patient lässt gar keinen Urin. Puls 116. — Abends: Immer noch keine Urinentleerung. Im Übrigen *status idem*.

Am 29. August. Patient hat die Nacht gut geschlafen. Die Kurzathmigkeit hat nachgelassen. Durchaus keine Urinsecretion; mit dem Katheter werden circa 200 Cc. klaren Urines entleert. (Die verminderte Urinsecretion bedingt durch Druck des Ascites auf die Nieren.) Puls 116. Respiration 28. Verordnung: Cremor tart. — Abends: Die Kurzathmigkeit bedeutend geringer. Patient fühlt sich wohler als die vorhergehenden Tage, hat aber weniger Appetit. Urinsecretion steht ganz still. Puls 116. Respiration 28. — Wein, Eier, Fleischbrühe.

Am 30. Aug. Patient klagt über Stechen in der rechten Seite beim Athemholen. Die physikalischen Zeichen auf der Brust dieselben. Urinsecretion sistirt vollständig. — Abends 4 Uhr Paracentese des Unterleibs, wodurch vier Uringläser einer gelblich grünen, trüben Flüssigkeit entleert werden. Nach der Operation fühlt sich Patient sehr schwach, hat einen sehr kleinen Puls von 180 Schlägen. — Wein.

Am 31. August. Patient schläft den Tag über sehr viel, sieht sehr bleich aus. Der Leib ist um das Doppelte kleiner geworden und ist nirgends schmerzhaft. Der Zustand der Brustorgane unverändert. Hat keinen Tropfen Urin und keinen Stuhl entleert.

Am 1. September. Patient hat die Nacht unruhig geschlafen. Ein Stuhl ist erfolgt, aber Urinentleerung erst gegen Abend. Hydropericardium hat sich vermehrt, nicht aber der Hydrothorax, aber ohne subjective Erscheinungen hervorzurufen. Der spärlich gelassene Urin ist sehr eiweissreich. Puls 94. Respiration 24. — Verordnung: Decoct. Scill., Tart. borax.

Am 2. September. Die Nacht war unruhig. Patient äusserst elend. Heute morgen erfolgt Stuhl- und Urinentleerung. Das Hydropericardium scheint zugenommen zu haben, aber ohne subjective Erscheinungen hervorzurufen. Der Puls wegen starker Anschwellung des Arms nicht zu fühlen. Respiration 27.

Am 3. September. Patient hat gut geschlafen; Appetit ist vermehrt. Stuhl und Urin ist erfolgt. Das Hydropericardium hat um 2—3 Linien zugenommen. Im Übrigen *status idem.* — Abends: Patient fühlt sich äusserst müde, schlaft sehr viel, hat den Tag über noch mehrmals Urin gelassen. Appetit gut. Puls 92. Respiration 32.

Am 4. September. Der Ascites, welcher schon gestern sich bis drei Finger unterhalb des Nabels erstreckte, hat um zwei Finger zugenommen. Hydropericardium und Hydrothorax nicht vermehrt. Urin immer noch stark eiweisshaltig. Puls 92. Respiration 28.

Am 5. September. Patient hat ruhig geschlafen. Das subjective Befinden ist gut. Die Urinsecretion erfolgt jetzt regelmässig. Im Übrigen *status idem.*

Am 6. September. *Status idem.* Patient ist aber sehr bleich und hat den Stuhl unter sich gehen lassen. — Vinum Malac. — Abends: Puls 92. Respiration 24, ist sehr langgezogen und mühsam. Das Gesicht fängt an zu verfallen, Puls aber noch kräftig. Das Hydropericardium hat zugenommen, der Hydrothorax aber nicht. — Liq. anodyn. Hoffm.

Am 7. Sept. Seit gestern Abend steigende Athemnoth. Respiration 20. Puls 92 Schläge, aber bedeutend schwächer als bisher. Das Gesicht verfällt immer mehr, die Extremitäten werden kühl. Patient apathisch.

Stirbt am 8. September Morgens 6 Uhr.

Am 8. September Section: Sehr bleiche Hautdecken, allgemeines Anasarca. Fast keine Todtenflecke, geringe Todtenstarre. Die Hirnsinus strotzend mit schwärzlichem Blute gefüllt. Die weichen Hirnhäute serös durchfeuchtet. Gehirn sehr weich und blutarm. Die Ventrikel enthalten etwas mehr Flüssigkeit als normal. In beiden Pleurahöhlen seröse Flüssigkeit, links mehr als rechts. Herzbeutel beträchtlich ausgedehnt enthält circa 12 Unzen einer hellgelblichen Flüssigkeit. Das Herz beträchtlich vergrössert, besonders der linke Ventrikel, der um das Doppelte hypertrophisch ist. Klappen gesund. Das Lungengewebe überall lufthaltig, aber stark serös durchfeuchtet. Bei Eröffnung der Bauchhöhle fliesst eine grosse Menge trüber gelblicher Flüssigkeit aus. Die Leber stark nach oben gedrängt, von normaler Grösse, auf dem Durchschnitt braunroth. Die Lebervenen beträchtlich erweitert. Die Milz ebenfalls nach oben verdrängt, mehr als um das Doppelte vergrössert, auf dem Durchschnitt braunroth, von sehr weicher Consistenz. Die Nieren im Übergang vom zweiten in das dritte Stadium des *morbus Brightii*. Magen und Darm zeigen eine schiefergraue Färbung der Schleimhaut.

Vierter Fall.

Jakob Bühler aus Bondorf, Schuhmacher, 52 Jahre alt, wurde am 9. August 1863 in die Klinik aufgenommen; er zeigt ein sehr bleiches Aussehen, beiderseitigen Hydrothorax bis einen Finger oberhalb der Brustwarze hinaufreichend, ein beträchtliches Hydropericardium, Herztöne rein, allgemeines Ödem des Unterhautzellgewebes, besonders an den untern Extremitäten. Urin sehr dunkel gefärbt, mit bräunlichem Sediment, enthält viel Eiweiss und Blut. Körpergewicht 156 Pfund 8 Loth.

Am 10. August wird Milchkur verordnet (5 Schoppen Milch, 3 Wecken, 1 Bouillon und 2 Eier). Abends 157 Pfund 4 Loth, 24stündige Urinmenge 1270 Cc., spec. Gewicht 1015,5.

Am 11. August Körpergewicht 155 Pfund 24 Loth, 24stündige Harnmenge 1130 Cc., spec. Gewicht 1016.

Am 12. August Körpergewicht 158$\frac{1}{2}$ Pfund, 24stündige Urinmenge 1250 Cc., spec. Gewicht 1011.

Am 13. August nimmt Patient das erste Bad, Urin stark eiweisshaltig und bluthaltig. Abends Körpergewicht 158 Pfund 24 Loth, 24stündige Urinmenge 1675 Cc., spec. Gewicht 1008. Wegen anhaltender Verstopfung bekommt Patient Ol. Ric.

Am 14. August Körpergewicht vor dem Bade 157$\frac{1}{2}$ Pf. Auf das Bad erfolgt keine Abnahme, 24stündige Harnmenge 1600 Cc., spec. Gewicht 1008. Abends beträgt das Körpergewicht 158$\frac{1}{2}$ Pfund.

Am 15. August Körpergewicht vor dem Bade 155 Pfd. 24 Loth, nach dem Baden und Schwitzen 154 Pfd. Abends Körpergewicht 155 Pfund, 24stündige Harnmenge 1750 Cc., spec. Gewicht 1007,8.

Am 16. August Körpergewicht 154 Pfund. Urin weniger roth gefärbt, fast nicht mehr sedimentirend. Abends Körpergewicht 152 Pfund 12 Loth, 24stündige Urinmenge 1600 Cc., spec. Gewicht 1008.

Am 17. August Körpergewicht 151 Pfund 4 Loth. Allgemeines Befinden erträglich. Urin immer noch blutig. Patient wiegt nach dem Baden und Schwitzen 150 Pfund, 24stündige Urinmenge 1740 Cc., spec. Gewicht 1009,5.

Am 18. August Körpergewicht Morgens 151 Pfund

8 Loth vor dem Bade, 150 Pfund nach dem Schwitzen. Abends Körpergewicht 151 Pfund 4 Loth, 24stündige Urinmenge 1850 Cc., spec. Gewicht 1010.

Am 19. August Körpergewicht vor dem Bade 148 Pfd. 22 Loth, nach dem Schwitzen 146 Pfund. Abends 148 Pfund 12 Loth, 24stündige Urinmenge 1500, spec. Gewicht 1009.

Am 20. August wiegt Patient vor dem Bade 148 Pfd. 4 Loth. Abends 149 Pfund 16 Loth. Der rechte Arm erscheint auffallend geschwollen.

Am 21. August wiegt Patient vor dem Bade 146 Pfd. 28 Loth, nach demselben 143 Pfund 30 Loth. Abends 148 Pfund 18 Loth, 24stündige Urinmenge 2310 Cc., spec. Gewicht 1010.

Am 22. August Körpergewicht vor dem Bade 147 Pfd., kann heute nach dem Bade nicht schwitzen, wiegt nach dem Bade 147 Pfund 4 Loth. Abends 148 Pfund 24 Loth, 24stündige Urinmenge 2650 Cc., spec. Gewicht 1010. Beständig reicher Eiweissgehalt des Urins.

Am 23. August Körpergewicht vor dem Bade 146½ Pf., nach demselben 143 Pfund 26 Loth.

Am 24. August wiegt Patient vor dem Bade 142 Pfd. 30 Loth, nach demselben 140 Pfund. Abends 145 Pfund 4 Loth, 24stündige Urinmenge 2220 Cc., spec. Gewicht 1010.

Am 25. August Körpergewicht vor dem Bade 139 Pfd. 8 Loth, nach dem Bade 136½ Pfund. Abends 139 Pfund 12 Loth, 24stündige Urinmenge 2840 Cc., spec. Gewicht 1010. Gegen den sehr trägen Stuhlgang wird Elect. lenitiv. gegeben.

Am 26. August Körpergewicht vor dem Bade 136 Pfd. 12 Loth, nach demselben 133 Pfund. Abends 135 Pfund

6 Loth, 24stündige Urinmenge 2450 Cc., spec. Gewicht zwischen 1009 und 1010.

Am 27. August Körpergewicht vor dem Bade 133 Pfd., nach dem Bade 128 Pfund. Abends 131 Pfund 8 Loth, 24stündige Urinmenge 3050 Cc., spec. Gewicht 1008.

Am 28. August Körpergewicht vor dem Bade 127 Pfd. 20 Loth, nach dem Bade 125 Pfund 22 Loth. Abends Körpergewicht 123 Pfd. 8 Loth, 24stündige Urinmenge 2820 Cc., spec. Gewicht 1008.

Am 29. August Körpergewicht vor dem Bade 125 Pfd., nach demselben 123 Pfd. 6 Loth. Abends 125 Pfd. 18 Loth, 24stündige Urinmenge 3450 Cc., spec. Gew. 1008. Der Urin ist immer weniger blutig. Eiweissgehalt hat beträchtlich abgenommen. Patient fühlt sich kräftiger.

Am 30. August Körpergewicht 122 Pfund 14 Loth, nach dem Bade 120 Pf. 24 Loth. Abends 123 Pf. 20 Loth, 24stündige Urinmenge 2700 Cc., spec. Gewicht 1007.

Am 31. August vor dem Bade 121 Pfund 28 Loth, nach demselben 118 Pfund 24 Loth. Abends Körpergewicht 120 Pf., 24stündige Urinmenge 2700 Cc., spec. Gew. 1008. Der Urin wieder stärker blutig gefärbt, allgemeines Befinden sehr gut.

Am 1. September Körpergewicht vor dem Bade 120 Pfund, nach demselben 115 Pfund 28 Loth. Abends 118 Pfund 24 Loth, 24stündige Urinmenge 2000 Cc., spec. Gewicht 1010.

Am 2. September verlässt Patient die Milchkur und erhält von heute an kräftige Fleischkost. Untersuchung der Brust und des Herzens ergibt vollständig normale Verhältnisse. Allgemeines Befinden gut.

Am 3. September Körpergewicht 118 Pfund 24 Loth.

Am 4. September wird Patient entlassen mit einem

Körpergewicht von 120 Pfund und dem Rath, noch vier Wochen lang zu schwitzen und Milchkur zu gebrauchen.

Am 26. December stellte sich der Kranke noch einmal auf der Klinik vor; seine Gesichtsfarbe war blühend, sein Kräftezustand durchaus befriedigend, der untersuchte Urin enthielt keine Spur von Blut oder von Eiweiss.

Wenn ich mich in den mitgetheilten Krankengeschichten auch nur auf einen kurzen Auszug aus den klinischen Protokollen beschränkt und die ermüdenden Details der Anamnese und des status praesens übergangen habe, so kann es nach den angeführten Daten wohl keinem Zweifel unterliegen, dass es sich in sämmtlichen vier Fällen um einen morbus Brightii gehandelt hat. Es zeigten die Symptome freilich keine volle Übereinstimmung; so war namentlich der Urin im vierten Falle längere Zeit bluthaltig, und schon diese wie andere Differenzen der Erscheinungen beweisen, dass auch, nachdem man die amyloide Entartung der Nieren, welche früher allgemein der Bright'schen Krankheit zugezählt wurde, von derselben getrennt hat, noch immer unter dem gemeinsamen Namen der Bright'schen Krankheit wesentlich differente Krankheitsprocesse zusammengefasst werden. Von BEER ist in einer vortrefflichen Arbeit [1] der Anfang gemacht worden, die verschiedenen Formen wenigstens pathologisch-anatomisch zu sichten, aber die bisherigen Beobachtungen am Krankenbette sind noch nicht zahlreich genug, um vom klinischen Standpunkte aus scharf geschiedene Species der Bright'schen Krankheit aufzustellen.

Es fragt sich nun zunächst, ob in meinen Fällen die

---

1) Die Bindesubstanz der menschlichen Nieren im gesunden und krankhaften Zustande (Berlin 1859).

gegen die Bright'sche Krankheit angewendete Milchkur einen günstigen Einfluss auf die Symptome und den Verlauf der Krankheit gehabt hat. Wenn diese Frage genügend beantwortet ist, so haben wir ferner zu untersuchen, worin diese günstige Wirkung bestanden hat. Endlich müssen wir uns die dritte Frage vorlegen, ob wir auf dem jetzigen Standpunkte der Wissenschaft eine physiologische Erklärung der günstigen Wirkung zu geben im Stande sind.

Im ersten, zweiten und vierten Fall unterliegt es nicht dem geringsten Zweifel, dass die angewendete Milchkur einen günstigen Einfluss auf die Symptome und den Verlauf der Krankheit gehabt hat; im dritten Falle dagegen war ein derartiger Einfluss kaum vorübergehend zu bemerken. Die im ersten, zweiten und vierten Fall erwähnten Kranken gelangten aus einem in der That fast desolaten Zustande in einen so erträglichen, dass sie vollständig leistungsfähig wurden, namentlich hat der Kranke Schuler, dessen bevorstehendes Ende sowohl von Herrn Prof. Niemeyer als von uns allen, die wir den Kranken zu beobachten Gelegenheit hatten, fast mit Bestimmtheit erwartet wurde, nach jener Zeit Wochen und Monate lang die schwersten Arbeiten verrichtet, und unter Anderem ganz wie ein gesunder Mensch Korn gedroschen. — Dass diese höchst frappante Besserung lediglich Folge der Milchkur war, folgt auf das Klarste aus meinen Krankengeschichten. Es lag uns zwar auf der einen Seite vor Allem daran, den Kranken zu helfen, auf der anderen Seite aber waren wir bemüht, mit möglichster Sicherheit zu constatiren, durch welche Mittel die Hülfe herbeigeführt wurde. Aus diesem Grunde wurde bei sämmtlichen Kranken von da ab, wo mit der Milchkur begonnen wurde, nicht ein einziger Gran irgend eines Medicamentes, durch dessen Darreichung die Beobachtung getrübt werden konnte, verordnet. Höchstens wurden bei besonderen Veranlassungen, z. B. bei Stuhlverstopfungen ein mildes Laxans oder dergl. intercurrent verabreicht. Mit der Milchkur wurde freilich in sämmtlichen Fällen die Einleitung einer energischen Diaphorese verbunden. Nach den eminenten Erfolgen, welche mit dieser Behandlung der Bright'schen Krankheit auf der Niemeyer'schen Klinik erzielt sind [1]), verbot es die Humanität, bei den auf das Schwerste gefährdeten Kranken von den diaphoretischen Proceduren Abstand zu nehmen. Indessen, namentlich in dem Schuler'schen Falle, war jene Behandlungsweise viele Wochen hindurch ohne jeden günstigen Erfolg in Anwendung gezogen, die Besserung trat erst da ein, als der Kranke neben derselben mit der Milchkur begonnen hatte. — Dass die erzielte Besserung aber auch nicht auf die Einwirkung anderweitiger Potenzen geschoben werden kann, ergibt sich auch daraus, dass die Kranken schon längere Zeit auf dem Hause waren, dass in ihren übrigen Verhältnissen sich nichts geändert hatte, dass sie namentlich nicht einer, vielleicht nachtheiligen Therapie unterzogen waren, als mit der Milchkur begonnen wurde.

Die zweite Frage, worin die günstige Wirkung bestanden habe, können wir gleichfalls, wenigstens zum Theil, genügend beantworten. Bei denjenigen drei Kranken, bei welchen eine wesentliche Besserung eintrat, bestand dieselbe zunächst darin, dass der namentlich bei Schuler überaus hochgradige Hydrops schon nach we-

---

1) Über die Anwendung der Diaphorese bei chronischem Morb. Brightii von Dr. Liebermeister. Prager Vierteljahrsschrift Bd. 72.

nigen Tagen abnahm und nach wenigen Wochen vollständig verschwand. Wir haben uns keineswegs mit einer oberflächlichen Schätzung begnügt, sondern haben durch sorgfältige Körperwägungen die Richtigkeit unserer Schätzung genau controllirt. Es steht unabweisbar fest, dass der Kranke Schuler, welcher auf der Höhe seines Hydrops 180 Pfund gewogen hatte, nachdem er vier Wochen lang ausschliesslich von Milch, Eiern und sehr wenig Brod gelebt und keinen Tropfen Arznei genommen hatte, nur noch 120 Pfund wog und keine Spur einer hydropischen Anschwellung bemerken liess. Ja als derselbe Kranke wegen eines Rückfalls in der Klinik Hülfe suchte, gelang es wiederum, ihn ohne medicamentöse Behandlung durch eine fast ausschliessliche Milchdiät in kürzester Zeit von seinem Hydrops zu befreien. In dem Schweitzer'schen Falle war mit dem Verschwinden des Hydrops innerhalb 16 Tage das Körpergewicht von 124 Pfund 12 Loth auf 97 Pfund 24 Loth, in dem Bühler'schen Falle innerhalb 23 Tagen von 157 Pfund 4 Loth auf 120 Pfund gesunken. Bei dem Kranken Schwaigerer dagegen wurde nur im Beginn der Milchkur eine ganz vorübergehende Abnahme des Hydrops und des Körpergewichts von 171 Pfund 16 Loth auf 162 Pfund beobachtet. Als ein weiterer Erfolg der Milchkur liess sich ferner in den Fällen, in welchen überhaupt eine günstige Wirkung eintrat, eine wesentliche Besserung des Kräftezustands und der Leistungsfähigkeit constatiren. Ich kann diese Besserung freilich nicht in bestimmten Zahlen ausdrücken, aber sie ergibt sich zur Genüge aus den Angaben meiner Krankengeschichten. Endlich boten die Kranken nach Beendigung der Kur ein bei weitem weniger bleiches und cachektisches Ansehen dar, so dass auch die Gesichtsfarbe und wahrscheinlich die

Blutbeschaffenheit eine bessere geworden war. Neben diesen positiven Resultaten dürfen wir aber auch die negativen nicht verschweigen. Wir waren nicht so glücklich als Inosemzew in der radicalen Heilung der Bright'schen Krankheit durch die Milchkur. Nur in einem einzigen Falle sind wir einigermaassen berechtigt, eine vollständige Heilung anzunehmen, wenigstens fehlten am 26. December bei dem Kranken Bühler alle Symptome der Bright'schen Krankheit. Bei dem Kranken Schuler und bei dem Kranken Schweitzer war der Urin bei ihrer Entlassung noch eiweisshaltig. Endlich ergab die Section des Kranken Schuler, dass seine Nieren die Erscheinungen des beginnenden dritten Stadiums der Bright'schen Krankheit darboten. — Wenn hiernach die Milchkur in den beiden zuletzt genannten Fällen das Grundleiden nicht gehoben hat, so waren wir doch von diesem negativen Resultat keineswegs überrascht, wir müssen uns vielmehr dahin aussprechen, dass wir in allen vorgeschrittenen Fällen von Bright'scher Krankheit eine radicale Heilung, eine *restitutio ad integrum* für unmöglich halten; und wenn bei dem Kranken Bühler eine radicale Heilung gelang, so dürfen wir annehmen, dass es sich in diesem Falle, in welchem leider eine genaue Anamnese fehlt, um einen ganz frischen Fall, vielleicht um das erste Stadium der Krankheit gehandelt hat. Diese Auffassung gewinnt durch die bei diesem Kranken beobachtete Hämaturie, welche in den späteren Stadien der Bright'schen Krankheit nur äusserst selten beobachtet wird, an Wahrscheinlichkeit. — Nichts destoweniger glauben wir volle Ursache zu haben, die Erfolge unserer Behandlung als überaus glänzend zu bezeichnen. Wer den Kranken Schuler vor und nach der Milchkur gesehen hat, muss die Wirkung der Milchkur als einen therapeutischen Triumph betrachten, und es ist in der That im höchsten Grade überraschend, dass die von uns instituirte Behandlung weder in den Handbüchern der Pathologie, noch in den Monographieen über Bright'sche Krankheit bisher eine Stelle gefunden hat. Zwar wird hie und da unter den roborirenden diätetischen und medicamentösen Mitteln neben Wein, Fleisch, Eierspeisen und neben Eisen- und China-Präparaten auch beiläufig der Milch als einer zweckmässigen Nahrung erwähnt, aber an keiner Stelle, so sorgfältig ich auch die einschlägige Literatur durchforscht habe, finde ich den ausschliesslichen Genuss von Milch als eine wirksame Behandlung empfohlen.

Ich will schliesslich erwähnen, dass nach zahlreichen Erfahrungen Kranke mit *Morbus Brightii*, auch wenn sie nicht von ihrer Krankheit befreit werden, bei einer sorgfältigen symptomatischen Behandlung ihre Krankheit zuweilen ziemlich lange ertragen. Unter den Symptomen, welche für die schwersten, sowohl bei den Ärzten als namentlich bei Laien gelten, sind vor Allem die hydropischen Erscheinungen zu nennen. Ein Kranker, der an Wassersucht leidet, weiss sehr wohl, dass er in grosser Lebensgefahr ist. Es kommt nicht selten vor, dass Kranke mit hochgradigem Ödem sich selbst zu täuschen suchen, und sich bei ihren Ärzten erkundigen, ob sie auch nicht an der Wassersucht litten; und nicht mit Unrecht schlägt man den Ärzten eine Heilung der Wassersucht als ein grosses Verdienst an. Sollte meine Arbeit dazu beitragen, der Milchkur in die Therapie der Bright'schen Krankheit weiteren Eingang zu verschaffen, so würde ich es schon für einen Gewinn halten, wenn diese Behandlungsweise auch ohne radicalen Erfolg zu haben, in manchen Fällen von

Bright'schem Hydrops, im Falle die anderen Mittel ohne Erfolg geblieben sind, eine Beseitigung der hydropischen Anschwellungen bewirken sollte.

Am schwierigsten zu beantworten ist die Frage nach der physiologischen Erklärung der Wirkung der Milchkur gegen die Bright'sche Krankheit.

Unsere Kranken liessen reichlich Urin, während sie die Kur gebrauchten, aber dennoch nehme ich Anstand zu behaupten, dass die Milch diuretisch gewirkt habe und dass der günstige Einfluss der Milchkur in dieser diuretischen Wirkung bestanden habe. Ich würde, wenn ich nicht zum Abschluss meiner Arbeit gedrängt würde, durch Controlversuche an Gesunden und Kranken festgestellt haben, ob die Menge des ausgeschiedenen Urins in der That verhältnissmässig grösser gewesen ist, als die Menge der zugeführten Flüssigkeit erwarten liess, und erst gestützt auf diese Versuche die diuretische Wirkung der Milchkur constatirt oder widerlegt haben. — Da der Kranke Schuler von da ab, wo er die Milchkur gebrauchte, nach den Ergebnissen der Körperwägung stärker schwitzte als zuvor, so könnte man annehmen, dass die Milch eine diaphoretische Wirkung gehabt und dass durch diese der günstige Erfolg herbeigeführt sei. Indessen bei einer genauen Durchsicht meiner Krankengeschichten wird man finden, dass die Abnahme des Hydrops und des Körpergewichts keineswegs vorzugsweise unmittelbar nach dem Bad und den Einwickelungen bemerkt wurde, sondern dass der Kranke auch im Laufe des übrigen Tages abschwoll und leichter wurde. Nur durch eine genaue Wägung der Zufuhr einerseits, und den Ausscheidungen durch Harn und Fäces andererseits hätte festgestellt werden können, ob diese Besserung gleichfalls auf vermehrter Schweisspro-

duction und auf verstärkter *Perspiratio insensibilis* der
Haut und Lungen beruht hat. — Drittens könnte man ver-
muthen, dass die reichliche Zufuhr von Proteinsubstanzen,
welche in der That grösser war, als die für einen erwach-
senen Mann, der arbeitet, im Mittel als erforderlich an-
genommene, bei der Milchkur die Blutbeschaffenheit
gebessert, die Concentration des Blutserums vermehrt, die hydropische Krase beseitigt habe. Indessen auch gegen diese Auffassung sprechen wichtige Be-
denken. Die Pathogenese des Hydrops bei der Bright'schen
Krankheit ist zwar keineswegs klar, aber soviel lässt sich
behaupten, dass der Bright'sche Hydrops keineswegs allein
oder auch nur vorzugsweise auf der Verarmung des Blutserums an Eiweiss, auf einer hydropischen Krase beruhe.
Ich will nur daran erinnern, dass keine noch so hochgradige Hydrämie ohne *morbus Brightii* so häufig und so beträchtlich zu Hydrops führt, ferner dass der Hydrops im
Verlaufe der Bright'schen Krankheit oft sehr frühzeitig
eintritt, und in späteren Zeiten, in welchen die Hydrämie
grösser geworden ist, zuweilen gar nicht, oder in gerin-
gerem Grade bemerkt wird, dass derselbe seine Stelle viel-
fach wechselt, endlich, dass neben einer Neigung zu Transsudation auch eine ausgesprochene Neigung zu entzünd-
lichen Exsudationen für die Bright'sche Krankheit charak-
teristisch ist. — Ob sich bei weiterer Arbeit über mein
Thema eine nähere physiologische Erklärung der Milchkur
der Bright'schen Krankheit herausstellen wird, muss ich
dahingestellt sein lassen. Dass der ausschliessliche Genuss
von Milch einen wesentlichen Einfluss auf die Öconomie des
Körpers haben muss, dass ein Mensch, der statt der höchst
complicirten Nahrung, welche wir zu uns zu nehmen pfle-
gen, Wochen und Monate lang nur Milch genossen hat,

einer höchst differenten Behandlung unterworfen gewesen ist, wird Niemand in Abrede stellen.

Ich hoffe, dass bei ferneren Versuchen mit der Milchkur bei Hydrops ähnlich günstige Resultate erzielt werden mögen, wie in den von mir mitgetheilten Fällen. In der Tübinger Klinik wird zur Zeit die Milchkur auch gegen Hydrops bei Herzkranken, Emphysematikern u. s. w. in Anwendung gezogen und werden die positiven und negativen Resultate dieser Beobachtungen später mitgetheilt werden.